O menino que furou o céu

Gerência editorial
Sâmia Rios

Edição
Maria Viana

Assistência editorial e preparação de texto
José Paulo Brait

Revisão
Nair Hitomi Kayo

Coordenação de arte
Marisa Iniesta Martin

Programação visual de capa e miolo
Estúdio Graal

editora scipione

Avenida das Nações Unidas, 7221
Pinheiros
CEP 05425-902 – São Paulo – SP

ATENDIMENTO AO CLIENTE
Tel.: (0xx11) 4003-3061

www.aticascipione.com.br
atendimento@aticascipione.com.br

2018
CAE: 636711
CL: 737784
3.ª EDIÇÃO
1.ª impressão
Impressão e acabamento
Nywgraf

Dados Internacionais de Catalogação na Publicação (CIP)

Carrascoza, João Anzanello
O menino que furou o céu / João Anzanello Carrascoza ; ilustrações Fabiana Salomão. -- 3. ed. -- São Paulo: Scipione, 2018.

ISBN: 978-85-474-0139-9

1. Literatura infantojuvenil. I. Salomão, Fabiana. II. Título. III. Série.

2018-0191 CDD-028.5

Julia do Nascimento - Bibliotecária - CRB-8/010142

O menino que furou o céu

João Anzanello Carrascoza

Ilustrações Fabiana Salomão

editora scipione

Num tempo que já vai longe, deu-se esta história de guerra e paz. Tudo por causa de Miguel, que empinava pipa melhor que os outros meninos de sua aldeia.

Foi assim: numa tarde, tão inspirado ele estava, sua pipa – naquela época construída com gravetos e pele de cabrito – voou tão alto, mas tão alto, que uma das varetas de repente perfurou o céu. Um caco se desprendeu lá das alturas e veio deslizando feito uma pena, até aterrissar lentamente numa rua da vizinhança.

Miguel acompanhou a trajetória do caco e correu para apanhá-lo. Era leve, azul-clarinho, igual à cor do céu naquela hora. Escondeu-o no bolso e voltou para casa sem revelar a ninguém sua travessura. Mal desceu a noite, o menino ficou surpreso ao notar que o caco também havia escurecido: estava azul-anil, como a própria cúpula celestial.

No dia seguinte, Miguel pensava numa maneira de reparar o dano cometido, quando sua mãe apareceu subitamente e o viu com o estranho fragmento entre as mãos.

– O que é isso, filho? – perguntou ela, curiosa.

– Um pedacinho do céu – respondeu ele.

– Você está zombando de mim, menino?

– Estou falando sério – confirmou Miguel. E, como não tinha outro jeito, resolveu contar logo o que fizera, esperando já por um castigo.

Mas a mãe examinou o objeto cuidadosamente e se encantou com sua beleza:

– Ninguém tem um caco do céu – disse ela, eufórica. E completou: – É coisa rara. Deve valer uma fortuna!

– Eu nem tinha pensado nisso – rebateu o garoto, que se sentia culpado pelo estrago.

– Vamos falar com seu pai – ela sugeriu. E foi atrás do marido, um artesão que trabalhava no fundo da casa.

Miguel teve de repetir a seu pai como o fato acontecera quando empinava a pipa.

Assim como a mulher, o marido não ligou para o rombo no céu, mas pensou no quanto poderiam lucrar com aquilo.

– Acho que vale no mínimo dez moedas de ouro – disse o homem, acariciando o caco.

– Tudo isso? – espantou-se a mãe de Miguel. – Que maravilha!

– Pode até valer mais – emendou o pai. – Vou negociá-lo agora mesmo!

O artesão correu à praça da aldeia, onde se realizava diariamente a feira local. Horas depois, voltou para casa saltitante.

– Era tanta gente interessada que tive de fazer um leilão – contou ele, feliz da vida. E mostrou à família a burra estufada de moedas de ouro.

– Estamos ricos! – vibrou a mulher.

– Graças a você, filho! – falou o artesão. E, num rápido rodopio, abraçou o garoto.

Miguel, contudo, não se alegrou. Estava aborrecido porque tinha quebrado o céu, como se fosse um espelho, e desejava consertá-lo o quanto antes. A ganância dos pais só o chateara ainda mais.

Então resolveu sair para dar um passeio e viu uma fila enorme ao redor da praça.

– O que está acontecendo? – perguntou o menino, daqui e dali.

Logo desvendou o enigma: o mercador que arrematara o caco do céu no leilão havia armado uma tenda com o intuito de exibi-lo. Cobrava uma moeda de cobre por visitante, conforme indicava uma tabuleta. E, apesar de o ingresso ser caro, quase todos os moradores da aldeia estavam na fila, esperando a vez de tocar com as próprias mãos o pedacinho de azul.

A notícia se espalhou como fogo em lenho seco, atraindo gente e mais gente, de terras próximas e distantes. A aldeia progrediu, e a cobiça também. Precavido, o mercador contratou valorosos cavaleiros para cuidar de seu tesouro. Mas, uma manhã, ao armar sua tenda, descobriu que o caco tinha desaparecido.

– Fui roubado! – gritou ele, furioso. – Fui roubado! – E ordenou a seus cavaleiros que fizessem uma busca pelas casas e saídas da aldeia.

A essa hora, porém, o ladrão já ia longe. Era um dos cavaleiros que protegia o caco do céu, a serviço do próprio mercador. Ainda não havia clareado o dia, e ele já rumava para o castelo onde vivia o rei que dominava aquela região. Galopou em seu veloz alazão, sem parar um minuto, chegando à tarde a seu destino. Acercou-se do castelo, anunciou que vinha a negócio e desejava falar urgentemente com o monarca.

– Digam que tenho algo esplendoroso para Vossa Majestade – informou aos guardas reais.

– Deixem-no entrar – ordenou o rei, ansioso para saber o que lhe traziam de tão extraordinário.

O cavaleiro foi conduzido até o soberano, saudou-o diante de seu trono e mostrou-lhe o caco do céu.

– É fabuloso! – exclamou o monarca, fascinado. – Nunca vi nada igual!

Mas o rei, muito prudente, ficou em dúvida se aquilo era mesmo um estilhaço do céu.

– Preciso de uma prova – disse ele, com autoridade.

Então o cavaleiro convidou-o a se aproximar de uma das janelas do castelo e apontou para o buraco no céu, cuja forma correspondia exatamente à do caco que o rei tinha nas mãos. E, para sorte do cavaleiro, naquele instante surgiram nuvens escuras, deixando o horizonte cinzento.

– Veja, Majestade, a cor do caco mudou – disse ele. – Está cinza como o céu agora!

– Tem razão – concordou o monarca. – É inacreditável.

E, diante dessa prova, convenceu-se de que o forasteiro lhe oferecia de fato uma joia autêntica, única no mundo inteiro.

– Dou-lhe um baú com moedas de ouro em troca do pedaço de céu – propôs o soberano.

– Feito! – respondeu o cavaleiro. E, assim que pegou o baú, partiu a todo galope.

O rei foi dormir satisfeito e colocou aquela raridade debaixo de seu travesseiro. Ao amanhecer, despertou pensando no quanto já estava idoso e, sendo assim, em breve teria de repartir seus bens entre os dois filhos. Mas uma dúvida o incomodava: para qual deles deixaria o pedacinho do céu? Para o mais velho ou para o mais novo? Como resolver a questão? Decidiu convocar o tesoureiro do reino e pediu conselho a ele.

– Majestade, a solução é dividir o pedaço de céu em dois! – disse o tesoureiro, admirado com o fragmento azul.

– Mas... como? – quis saber o rei. – Ele é cheio de pontas, não dá para dividi-lo em duas partes iguais!

– Deixe por minha conta, Majestade – garantiu o tesoureiro. – Eu sei como fazer esse cálculo.

O monarca entregou o pedacinho de céu ao serviçal, que foi estudar uma maneira de cortá-lo pela metade. Enquanto media o caco azul, o tesoureiro se deu conta de que tal preciosidade poderia ser sua.

"E por que não?", pensou ele. "É minha chance de ficar rico!"

Sem demora, encilhou seu cavalo e fugiu em direção às montanhas. Cavalgou durante o dia inteiro até chegar a uma floresta de árvores negras e retorcidas, onde parou para descansar. Sentado na relva espinhenta, pôs-se a admirar a lasquinha de céu, agora inteiramente lilás, já que o sol se punha e espalhava raios dessa tonalidade por todo o horizonte. Foi então que saiu do meio da floresta uma velha carregando um cesto de uvas.

– Prove algumas – disse ela, com gentileza. – São deliciosas!

– Vêm em boa hora – disse o tesoureiro, faminto depois da longa jornada. Pegou um cacho e, mal provou a primeira uva, caiu num sono convulso.

– Agora eu tenho o que tanto procurava! – disse a velha, e deu uma gargalhada.

Era uma bruxa disfarçada de camponesa que ali vivia. À entrada de sua caverna, espreitando por entre as árvores, tinha visto o tesoureiro tirar da bolsa o objeto mágico.

– O universo está a meu favor – festejou ela.

E, às pressas, polvilhara um sonífero numas uvas que havia colhido ali perto, vestira-se de camponesa e saíra para render o desconhecido.

– Essa oportunidade realmente caiu do céu! – dizia a bruxa, exultante.

Fazia tempo que ela inventara uma receita capaz de torná-la a feiticeira mais poderosa do mundo. Só que um dos ingredientes era uma pitada de pó do céu, coisa que ela jamais conseguira: sua vassoura não voava tão alto para que pudesse raspar, com as unhas pontudas, o azul celeste.

Agora, de posse do caco, a bruxa abandonou o tesoureiro e se enfiou na sinistra floresta, voltando a sua caverna.

– Enfim, vou realizar meu sonho – disse ela, preparando uma poção fedorenta num grande tacho.

Mas, no instante em que ia ralar o caco do céu como se fosse um queijo, o corvo que vivia pousado em seu ombro tomou o fragmento no bico e alçou voo rumo às árvores negras.

– Maldito! Traidor! – gritou a bruxa, e saltou em sua vassoura para perseguir o pássaro ladrão.

Nesse momento, a poção ferveu e cuspiu uma bolha incandescente em seu rosto.

– Estou cega, estou cega! – rugia a feiticeira, debatendo-se às tontas pelas paredes da caverna.

Enquanto isso, o rei já dera falta do tesoureiro e enviara seus soldados à caça do serviçal traiçoeiro. Os soldados foram às montanhas e acabaram encontrando, caído num abismo, o corpo do cavaleiro que vendera o caco do céu para seu soberano.

– Ele não sabia o quanto é perigoso este lugar? – disse um dos soldados.

– E as moedas de ouro? – quis saber outro, apontando para o baú arrebentado lá embaixo no precipício.

– É impossível resgatá-las – completou o comandante. – E não é isso que estamos procurando. Vamos adiante!

Seguiram além das montanhas e, depois de muito caminhar, chegaram à floresta de árvores negras e retorcidas.

Por fim encontraram o tesoureiro, roncando ruidosamente. Revistaram-no e tentaram acordá-lo para saber onde estava a fatia do céu. Tudo em vão: ele não acordava de jeito nenhum.

Com medo, mas sem outra alternativa, embrenharam-se por aquele bosque sinistro. Foi quando um deles viu o pedacinho de azul flutuando entre as sombras da noite que já caíra.

– Vejam! – alertou.

Alguns soldados acenderam tochas e se atiraram atrás do caco, que, a cada tentativa deles, deslocava-se estranhamente de uma árvore para outra.

– Deve ser um pássaro voando com o céu no bico – disse um dos soldados.

– Um pássaro preto – completou outro. – E, nesse escuro, a gente não consegue ver direito.

– Não importa – falou o comandante. E ordenou: – Flecha nele!

Os soldados pegaram seus arcos e atiraram seguidas vezes. Só cessaram ao ver o pedaço de céu caindo em terra. Foram procurá-lo e o encontraram preso ao bico do corvo atingido pelas flechadas.

Esperaram amanhecer e marcharam de volta para o castelo.

No meio do caminho, entretanto, foram atacados pelas tropas de outro rei, vizinho e rival do monarca a quem serviam. Esse outro rei, ao tomar conhecimento de que seu oponente buscava recuperar uma porção do céu que lhe fora roubada, enviou seus soldados para conquistá-la a qualquer custo.

– Não voltem sem trazer essa fatia do paraíso! – ordenara ele.

E, por ser maior e mais bem armado, seu exército saiu-se vitorioso.

No entanto, o primeiro rei queria de volta para si o azul, pelo qual dera em troca um baú de moedas de ouro. Fortaleceu sua guarda e, dias depois, atacou o inimigo em seu próprio domínio.

A guerra eclodiu feroz entre os dois soberanos. E se alastrou rapidamente por ambos os territórios. Os combates se tornavam cada dia mais violentos. Ora o pedacinho de azul era recuperado por um dos lados, ora por outro. E, enquanto passava da mão de um rei para o outro, no céu persistia um espaço vazio.

O conflito vigorava fazia tempo, e não se via nenhum sinal de trégua. Plantações e casas em aldeias dos dois reinos haviam sido destruídas, inclusive a casa de Miguel. Seus pais tinham usado todas as moedas de ouro ganhas no leilão para reconstruí-la.

Até que, certa tarde, quando estava sentado numa pedra da rua, triste com a discórdia que sua pipa provocara, o garoto viu algo cair a toda velocidade sobre a torre de vigia da aldeia. Parecia um pássaro gigante, abatido pela arma de algum caçador. Miguel se acercou da torre e, para sua surpresa, encontrou dependurado nela um anjo com uma das asas ferida. Ajudou-o a descer, certificando-se de que estava são e salvo, e perguntou-lhe:

– Quem é você?

– Sou um anjo, ora! Não está vendo, não?

– Você é o primeiro anjo que eu vejo pessoalmente – disse o menino.

– Não é todo dia que caímos do céu!

– O que aconteceu? – quis saber Miguel. – Você desabou como uma fruta madura.

– Eu estava passeando lá nas alturas – respondeu o anjo. – De repente, vi um buraco no chão do céu. Achei que fosse uma miragem e segui. Então fui tragado com tanta força por aquela fresta que raspei esta asa aqui! E despenquei!

– Estou vendo – disse Miguel. – Machucou bem!

– Com uma asa só, é duro manter o equilíbrio. Não consegui planar – disse o anjo. E resmungou: – Não sei quem poderia ter rasgado o céu daquele jeito...

Miguel ficou envergonhado e fingiu que não sabia de nada.

– Venha comigo – disse ele, mudando de assunto. – Vamos cuidar de seu ferimento.

– Está bem!

O garoto levou o anjo para sua casa. Enquanto fazia um curativo em sua asa, ouviu-se um estrondo que fez estremecer a terra. Depois outro. E ainda mais um.

– O que é isso? – perguntou o anjo.

– Tiros de catapulta – respondeu Miguel. – É a guerra...

– Que guerra?

O menino hesitou um minuto. Mas pensou: se aquele era mesmo um anjo, talvez pudesse pôr fim aos combates. Então contou-lhe tudo o que havia ocorrido desde a tarde em que a vareta de sua pipa espetara o céu.

– É uma história maluca – comentou o anjo.

– Mas é a pura verdade – disse Miguel.

Outro tiro ecoou mais perto deles.

– Guerra é sempre assim – suspirou o anjo. – Alguém desejando só para si o que é de todos.

– Você pode me ajudar? – perguntou o menino. – Queria dar um jeito nisso, já que fui eu que comecei. Mas não sei como...

– Foi você mesmo quem fez aquele buraco? – indagou o anjo, apontando para o céu.

– Sim. Mas foi sem querer – afirmou Miguel. E completou: – O problema é que os dois reis querem o caco e não vão desistir. Assim, os ataques não terão fim.

– Que bobagem! – exclamou o anjo. – Eles estão enganados.

– Como, enganados? – indagou o menino, sem entender. – Lutam pelo que existe de mais raro aqui embaixo. Dizem que esse pedacinho de céu vale um tesouro.

– Ah, meu Deus! – exclamou o anjo. – Um caco de céu não vale nada.

– Como, não? – perguntou Miguel.

– Na verdade, só serve para uma coisa.

– Para quê? – quis saber o menino.

– Para remendar o céu – respondeu o anjo.

– É o que eu gostaria de fazer – disse o menino.

– Pois é o que vamos fazer – decretou o anjo.

– Mas... como?

O anjo garantiu que poderia entrar à noite no castelo dos reis e tomar posse do caco do céu.

– Desse jeito? – perguntou Miguel, apontando-lhe a asa ferida.

– Com uma asa eu dou conta disso – respondeu o anjo. – Só para voar bem alto é que preciso das duas.

– E os soldados? – quis saber o menino.

– Eles não podem me ver – disse o anjo.

– Como, não?

– Ora, eu sou um anjo!

– Mas eu estou vendo você – insistiu o menino.

– Porque eu permito que você me veja – disse o anjo. – Se eu não quiser, você não me verá.

– Duvido!

Então o anjo sumiu, para surpresa de Miguel, que ficou ali feito bobo. Mas, um segundo depois, ele reapareceu.

– Viu? – disse o anjo. – Eu só apareço para aqueles que merecem me ver.

– Você me deu um susto! – disse o menino. E, mais confiante, completou: – Com seus poderes, podemos corrigir meu erro.

– Conte comigo!

Quando a noite ia alta e todos dormiam em ambos os reinos, o anjo seguiu para o primeiro dos castelos. Vasculhou tudo por lá, de ponta a ponta, mas nada encontrou. Foi então ao outro castelo e, por fim, achou o pedacinho de azul numa sala secreta. Pegou-o e regressou imediatamente à casa de Miguel. O garoto o esperava no quintal, com um archote aceso, e se surpreendeu com o caco do céu, que emitia um brilho prateado.

– Nossa! O que é isso no caco? – perguntou ele.

– É a luz de uma estrela – respondeu o anjo. – Devia estar lá em cima, na posição que ocupa no céu...

– Bem, e agora? – quis saber o menino. – Como vamos colar esse pedacinho?

– Temos de esperar minha asa se recuperar – disse o anjo. – Daí eu mesmo faço o conserto.

– Quanto mais rápido resolvermos o problema, melhor – opinou Miguel. – Logo o rei vai descobrir o que aconteceu. Pensará que foi o outro rei que pegou o pedaço de céu, e a guerra vai piorar.

– É verdade – disse o anjo. – Você tem alguma ideia?

O menino ficou pensando um tempão, em silêncio. De repente, deu um salto.

– Já sei! – disse ele. – Espere um pouquinho que eu já venho. – E sumiu no fundo da casa.

Voltou trazendo a pipa. Cortou com uma faca a pele de cabrito que a revestia e deixou apenas a sua armação.

– O que você fez? – exclamou o anjo, sem entender. – Ficou maluco?

– Não, eu apenas desmontei a pipa – disse Miguel. E acrescentou: – Agora é só você se agarrar nas varetas...

– Mas... e depois?

– Eu empino a pipa e levo você até o céu.

– Garoto esperto – exclamou o anjo, satisfeito. Sem perder tempo, abraçou-se à pipa e disse: – Preciso de algo para colar o pedaço do céu, quando chegar lá em cima.

Miguel retornou à casa, pisando de leve, para não acordar os pais. Foi à cozinha, misturou farinha de trigo com água e fez um pouco de cola. Depois, pegou um pedaço de pano e levou tudo para o anjo.

– Pronto! Aí está o que você pediu.

– Bom trabalho, garoto!

A noite avançava. Os dois se despediram com um abraço. O anjo se agarrou à pipa e Miguel começou a empiná-la, cautelosamente. Aos poucos, ela foi subindo. O menino deu linha, e mais linha, e mais linha, até que a pipa mergulhou na escuridão. Depois, ao senti-la leve, ele a recolheu: só restavam as varetas, nenhum sinal do anjo.

"Acho que ele conseguiu", pensou Miguel. E foi para a cama, onde logo adormeceu.

Ao acordar, não ouviu nenhum tiro de catapulta, como vinha acontecendo nos últimos tempos. Abriu a janela do quarto e viu no céu o curativo que o anjo fizera. O caco estava lá encaixado, direitinho. A guerra entre os dois reis havia terminado. Eles não tinham mais por que lutar: o pedaço do azul voltara para seu canto.

O menino sorriu, aliviado. Agora só precisava de uma nova pele de cabrito para reformar sua pipa.

Arquivo pessoal

O autor

João Anzanello Carrascoza nasceu na cidade de Cravinhos, interior de São Paulo, onde empinava pipa quando menino. Mudou-se depois para capital, onde vive até hoje. Escritor e redator de propaganda, é também professor na Escola de Comunicação e Artes da Universidade de São Paulo (USP), onde fez seu doutorado. *Aprendiz de inventor*, *O jogo secreto dos alquimistas*, *Quadradinha e Redondela*, *Dias raros* e *De papo com a noite* (Scipione) são algumas de suas obras. Já ganhou vários prêmios literários, entre eles o Guimarães Rosa, da Radio France Internationale. Mas o prêmio que mais gostou de ganhar foi a amizade do anjo da paz.

Arquivo pessoal

A ilustradora

Fabiana Salomão mora em Ribeirão Preto (SP). Formada em Belas-Artes, ilustra livros infanto-juvenis há mais de dez anos e tem várias obras publicadas. Neste livro, utilizou técnica mista, misturando colagem, aquarela, ecoline, guache e lápis de cor.

"Vivo entre livros, lápis, tintas, papéis coloridos e crianças, a começar pelo meu filho Enzo, de cinco anos, que é meu pedacinho do céu" – diz Fabiana.

Site da artista: fabianasalomao.blogspot.com.br
e-mail: fabianasalomao@terra.com.br